El precio de amar

El precio de amar

Zulay Torres Cruz

El precio de amar
Primera edición, 2020

Composición, diseño interior:
Pedro Pablo Pérez Santiesteban.

Diseño de cubierta:
Pedro Pablo Pérez Santiesteban.
Imagen de cubierta:
Diseño gráfico PEL.

Miami, Florida, EE.UU.

«{…} Oír la noche inmensa, más inmensa sin ella,
y el verso cae al alma como al pasto el rocío.
Qué importa que mi amor no pudiera guardarla;
la noche está estrellada, y ella no está conmigo…»

PABLO NERUDA[1]

---

[1] N. del E: Selección del Poema 20 de Pablo Neruda.

Dedico este libro a mi padre a quien perdí el día 2 de octubre de 2020 y no pudo verlo materializado, aunque ya sabía del mismo, y a todas las personas que siguen luchando por un amor imposible.

Agradecer a dos personas que me ayudaron en el camino, Yunis Curbelo por conectarme con Gioconda Carralero y ella ser la primera persona en evaluar mi trabajo de manera positiva y por ende me contactó con la Editorial Publicaciones Entre Líneas.

Una hermosa historia de amor que nos alienta

Si usted quiere pasar una tarde feliz, tranquila, sosegada, llena de esa paz inquebrantable que ni el más leve suspiro podría interrumpir el casi tangible silencio de ese atardecer, sumida en profundas reflexiones y con esa dulce sonrisa que deja la huella de la lectura de una hermosa historia de amor, triste y bella, entonces no lo dude, sepa que tiene entre sus manos el libro idóneo, qué digo idóneo, ideal mejor dicho, el libro perfecto para sentir todas esa sensaciones y estados que ya he descrito en este inicio.

Porque eso es precisamente esta obra, *El precio de amar*, que hoy ha caído en mis manos como una rara y fina obra de arte que la hace tan preciada como una joyita extraída y encontrada en un viejo baúl sacado del mar. Eso es precisamente lo que yo he sentido cuando comencé a abrir sus páginas y adentrarme en una historia de amor cuyo precio solo se puede equiparar con el alto costo de los sentimientos más intensos y por desgracia prohibidos por los tabúes y los prejuicios de una sociedad clasista, que es la época en la que desarrolla su argumento la exquisita escritora, Zulay Torres Cruz, con su obra, caro y difícil precio por el que a veces no nos alcanza la vida para pagar su costo.

Nunca tan bien puesto un título a una obra, nunca tan hermosamente narrada una historia de amor que —yo aseguraría— es clásica, nunca tan perfecto el final inesperado porque podría formar parte ineludible de una trama cuyo sentido es como una alegoría al sacrificio que muchas damas jóvenes tuvieron que hacer en sus vidas para salvar el honor y la moral de una probable y catastrófica quiebra económica de una familia de abolengo en una sociedad de clases, el matrimonio arreglado por conveniencias y sin amor solo por tapar las apariencias en una sociedad plagada de hipocresía.

Mesura, coordinación, exactitud, narrativa lineal, directa, lenguaje asequible y una cadencia rítmica en su bien desarrollada prosa, elocuencia equilibrada y perfecta, donde nada sobra o falta, son solo algunas de las cualidades de las que Zulay hace gala, demostrando un absoluto dominio en el arte de narrar, hábito adquirido a través de sus muchas lecturas.

Un poeta se conoce por la belleza imponderable de su poesía y un escritor por la perfecta exquisitez de su narrativa, aunque puede suceder que ambas, poesía y prosa se aúnan en perfecta sincronización hasta lograr un dueto único que trasciende las fronteras de la literatura. Y este es el caso de esta obra de narrativa cuya autora se desempeña con la absoluta habilidad de quien domina los secretos del bien narrar.

Entonces, si usted se quiere escapar por un buen rato "del mundanal ruido", entre en su habitación, cierre la puerta, abra las páginas de este libro, olvídese de lo que está allá afuera y viva, al menos por un momento, la intensa y breve historia de amor entre Ely y Henry y el fruto de sus amores prohibidos.

"El amor es efímero, como la felicidad, pero en su máxima expresión vivirlo es la mayor recompensa, con la intensidad que llega puede irse, como cuando queremos sujetar agua entre las manos, si apretamos fuerte algo queda en ellas".

La escritora lo hace de forma tan genial que usted creerá de verdad que está en ese otro mundo de ficción tan bien creado.

Lic. Mercedes Eleine González
Especialista literaria.

El precio de amar

Capítulo I

El frío otoñal de Londres, cosmopolita por excelencia, en plena revolución industrial, hacía que las señoras vistieran hermosos abrigos de piel, largos vestidos de época, botines que apenas dejaban entrever la puntera, guantes de seda a juego con su mini bolso en la muñeca, paraguas de volantes y sombreros de diseño muy femeninos y estilosos.

Época en la cual las damas se afanaban para ser buenas hijas, perfectas esposas y excelentes madres. Siempre bajo la sombra de las señoras que las aleccionaban todo el tiempo, para que no dejaran de lado el modelo de dama y esposa y dejarse llevar por la corriente clasista.

Los caballeros también vestían muy elegantes, abrigos hasta las rodillas, sin descuidar sus trajes a juego con el sombrero y el bastón, que muy lejos de aparentar que era para ayudarlos a andar, era símbolo de hombre con clase, propio de un gran señor.

Los carruajes formaban parte del paisaje urbanístico tirado por caballos y regios conductores también ataviados al estilo de época, sombreros y guantes de seda.

Elizabeth Harlem era una joven hermosa de apenas veinte primaveras, hija de familia acomodada, estatura media, grandes ojos expresivos, melena rubia y rizada, irradiaba mucha alegría, pasaba el día escuchando música clásica, leyendo novelas de amor, soñando con su príncipe azul.

Los días transcurrían felices para ella, yendo de compras con su madre y sus hermanas menores, tomando el té de las cinco con las amigas de su madre y escuchando las historias de las señoras casadas sin entender apenas muchas de las cosas que allí se decían.

Dejaba volar su imaginación porque a esa edad todo se concibe hermoso, no se conoce el dolor de un desamor sino lo has vivido, tienes la cabeza llena de pájaros pensando cómo será el mañana al lado de un caballero que llene tu vida de color, pasión, ganas de vivir y conocer todo lo que aún está en su imaginación, con ciertos temores propios de la edad y de lo desconocido.

No muy lejos de allí vivía John Smith, un joven también de clase alta, hijo de magnate industrial, amigo de la familia Harlem, además veinteañero, su mayor interés en la vida no era el amor, era el juego, los placeres, vivir de prisa, pensando en aprovechar todo lo que se presentaba a su paso.

Junto con sus amigos no paraba de despilfarrar la fortuna familiar en burdeles de la época, beber hasta perder el sentido y apostar a la carta más alta, no siempre consiguiendo recuperar lo que había gastado en tantas ocasiones de apuesta.

Ambas familias habían acordado que para el cumpleaños veintiuno de sus hijos harían una gran recepción y anunciarían el compromiso matrimonial de sus hijos, aun sabiendo que aquella unión era solo cuestión de intereses monetarios y garantía de prolongar sus renombrados apellidos.

La noticia cayó como balde de agua fría, tanto para Elizabeth que ya conocía la forma de vida descontrolada y banal de John, como para el joven que no tenía ningún interés de tener una buena y dedicada esposa, alguien que solo vivía para los placeres, desinteresado totalmente de una vida de compromiso y lealtad.

La vida tranquila y soñadora de Elizabeth comenzó a cambiar de la noche a la mañana desde que recibió tan fatídica noticia, se convertiría en la esposa del joven más codiciado por las chicas de la época que solo buscaban hombres con dinero para garantizar sus derrochadoras vidas de lujo y pomposidad, mientras que para ella eso era vano y falto de interés, había soñado con alguien que la colmara de detalles, le regalara flores, la conquistara como todo un caballero, la mirara intensamente a los ojos y le hiciera sentir mariposas en el estómago, anhelando que al verlo, su corazón palpitara fuertemente al punto de quitarle el aliento y provocarle profundos suspiros.

Pero ya no había vuelta atrás, la decisión había sido tomada por ambas familias y se llevaría a cabo sin falta, pasando por encima de los sentimientos y emociones de los contrayentes, eran las costumbres de la época, se buscaba mantener el linaje, la fortuna, el apellido, las apariencias, dejando atrás que el verdadero amor va por encima de todas esas cosas, que para los enamorados se convierte en algo tormentoso.

La tristeza de Elizabeth comenzó a ser evidente, ya no sonreía tanto como antes, ya la música no era aquella vía de escape a su imaginación soñadora, ya no era capaz de concentrarse en la lectura, aquella vida inocente, tranquila y pacífica para una chica alegre y feliz se había convertido en su peor pesadilla, no sin antes reclamarle a su madre por aquel martirio en que se convertiría su futura vida.

—¿Por qué me lanzas a los brazos de ese malnacido, bueno para nada?... vas a arruinar mi vida, seré una mujer infeliz para siempre, ¡no tienes en cuenta mis sentimientos madre!

—Es lo mejor para nuestra familia Elizabeth, la fortuna familiar está debilitándose, las corrientes políticas han hecho mella en el negocio de tu padre y vamos a la ruina total, este matrimonio nos salvará de la quiebra, por favor hija hazlo por tu familia, que tanto ha luchado por darles una buena educación a ustedes, no podemos permitirnos descender de clase social y perder el respeto de la sociedad, seremos el hazmereír de toda la gente, perderemos nuestras amistades y nuestro lugar en la sociedad, por favor entiende...

Las palabras de su madre dolían en su interior, era una mujer mansa, amorosa, dedicada a su familia, pero a la vez víctima de la corriente clasista de la época, aquella mujer era obediente a su esposo en todo, aun pasando por encima de cuanto le implorara su hija a la no realización de aquella macabra decisión.

Capítulo II

Iban pasando los días y la idea del inminente compromiso se convertía para Ely (como cariñosamente la llamaba su familia) en un tormento, al punto que se iba notando cierta delgadez en ella, rostro alicaído y pocas ganas de sonreír.

Mientras las invitaciones a la recepción iban siendo entregadas al sinnúmero de familias adineradas y de sociedad de aquella suntuosa ciudad.

Llegó el tan anunciado evento y no tardaron en llegar los carruajes del cual fueron saliendo las señoras con sus mejores galas, luciendo llamativas joyas que solo usaban en ocasiones como esas, los caballeros con sus elegantes trajes, sombrero y bastón y una sonrisa completamente ficticia en el mayordomo que los recibía ya conociendo el trasfondo de la situación (porque no hay secreto de familia que no conozca el personal de servicio).

Doña Matilda una de las mejores amigas de la madre de Elizabeth, era su consejera y su paño de lágrimas, al verla entrar en la lujosa mansión Ely se echó a sus brazos demostrando alegría por su presencia, cuando en realidad tenía unas inmensas ganas de llorar y de ser consolada por aquella señora.

—Doña Matilda que alegría verla de nuevo... nos honra gratamente con su presencia.

Tras un saludo formal de beso en la mejilla y fuerte abrazo la señora le dijo a Ely al oído:

—Ánimo princesa, aunque vivas prisionera en una jaula de oro, nunca podrán quitarte tus sueños y tus pasiones, ellos te acompañaran hasta el fin de tus días, no habrá quien pueda entrar en tu mente y corazón y cambiarte, esto será un paso a tu madurez, vendrán tiempos difíciles, pero llegara el día que lo verás todo de otra manera, este sacrificio te hará más fuerte para conseguir lo que anhelas, no pierdas la luz que te guía a ser tú misma, aun complaciendo a los demás por culpa de las apariencias... sonríe a los desafíos, sé más dura que ellos y demuéstrales a todos lo valiosa que eres.

Las palabras de fuerza y aliento de su gran amiga y consejera Doña Matilda hizo esbozar una leve sonrisa en el rostro de Ely y sentir la esperanza de que aquel martirio podría hacer de ella una mujer fuerte a pesar de lo que debería afrontar en esos momentos, cambió su rostro de manera que sintió apoyo, comprensión y confianza en alguien que la amaba con tanto cariño como una madre.

La fiesta transcurrió de forma habitual, baile de salón, músicos en vivo amenizaban la velada , hermosa decoración interior propio de un suntuoso salón de fiestas, conversaciones entre señoras sobre moda y chismes de la época, debates entre los señores sobre política y economía, atractivos cócteles y aperitivos, en fin ambiente relajado para todos, pero infinita preocupación para

Elizabeth sentada al lado de aquel estúpido chico que en breve pasaría a ser su dueño y esposo, sin tener la más mínima idea de cómo tratar a una verdadera y sensible dama como ella. Él prefería las mujeres de vida alegre (que, aunque no tengo nada en su contra) en este caso no le hacía ningún bien ese tipo de preferencias para ser un esposo fiel y respetable.

Llegó el momento del anuncio del compromiso, se detuvo la música, se escuchó el sonido de un cubierto contra una copa, todos se giraron y allí estaba el Señor Harlem, vestido de gala y pidiendo la atención de todos.

—Distinguidos y respetables señores y señoras, gracias por aceptar la invitación del anuncio del compromiso matrimonial de mi hija mayor Elizabeth Harlem y de John Smith, hijo del más respetado industrial de nuestra ciudad Albert Smith..., es un honor informarles que la unión de nuestras familias por medio de este casamiento nos hace muy felices a todos, en especial a mi hija Elizabeth y a su prometido, por tanto los animo a que sigan disfrutando de la celebración y nos acompañen también al enlace nupcial venidero.

Se escucharon aplausos y vítores hacia los futuros esposos, los cuáles se tomaron de la mano por primera vez, se miraron fijamente con una tímida sonrisa y no sintieron absolutamente nada, solo las ganas de terminar con aquel show preparado por sus padres en absoluta conveniencia.

Los días siguientes se convirtieron en interminables compras para que no faltara nada al ajuar de la futura esposa y para la decoración del festejo que se avecinaba, debido a que John era único hijo y heredero de la fortuna de su padre, se estableció que vivirían en la enorme mansión de la familia del joven, donde Elizabeth tendría que adaptarse no solo a la vida de casada con un hombre que no amaba sino además a las costumbres de otra familia, un gran reto añadido.

Capítulo III

Amaneció el día esperado por todos, al fin la hija mayor del señor Harlem se convertiría en la señora Smith, heredera junto a su futuro esposo de una de las más grandes fortunas de aquella ciudad, pero su alma se sentía cada vez más encogida de tristeza cuando en realidad debía estar rebosante de felicidad.

La celebración estaba muy lujosa, propia de los anfitriones, todo transcurría como se esperaba, entre baile, copas, buena música y la compañía de todos aquellos que ignorando lo que realmente sucedía, envidiaban la felicidad de los futuros esposos y sus respectivas familias.

Elisabeth espera asustada la temida noche de bodas porque lejos de ser lo más anhelado por ella se convertía en el mayor castigo de su vida aun sin haberlo merecido.

Con carita de susto llegó a la habitación matrimonial y una mucama le ayudó a desvestirse de tan ostentoso traje de novia y a vestirse de forma coqueta y sensual para su ya recién esposo. Soltó su larga melena rubia y comenzó a cepillarla delante del espejo del dormitorio. Su corazón latía más fuerte que nunca y no era por amor o deseo, era miedo de saberse en las garras de tal depredador, que no tendría compasión de la inocencia y la sensibilidad de tan bella dama.

Habiéndose retirado la mucama John irrumpió en la habitación conyugal... Ely se asustó aún más, temiendo lo que estaba por suceder... y escuchó a su esposo decirle con tono desafiante:

—Esta noche dormiré fuera, iré a celebrar con mis amigos de la manera que más nos gusta divertirnos, mujeres, cartas, alcohol y no con alguien que no sabe cómo satisfacer a un hombre, así que hoy dormirás sola, ya decidiré cuándo hacerte mía, por el momento sé que vas a resultarme muy aburrida.

Ely respiró profundo de forma aliviada, su tormento no sería inmediato, al menos después de todo le daría tiempo a relajarse y a asimilar lentamente lo que sería su nueva y atormentada vida.

Pasó aquella noche y John volvió en la madrugada completamente borracho casi semi inconsciente, por supuesto fue a parar a la habitación conyugal donde dormía su bella esposa que nada quería saber de él.

El olor a alcohol y a lujuria despertó lentamente a Ely que hacía muecas de asco al ver a semejante personaje y en el estado que estaba.

Temprano en la mañana se reunió la nueva familia en el comedor a desayunar, el padre algo apurado tomo su taza de café para marchar a la oficina, su hijo como hombre recién casado se tomaría unos días de descanso para saborear su "Luna de miel" bastante fría, por cierto, que de miel tenía muy poco.

—Buenos días Elizabeth, quiero darte la bienvenida formal a nuestra familia ahora en el desayuno, espero que te adaptes rápido a nuestro sistema de vida y cumplas como es debido con tus compromisos de esposa y sepas llevar nuestro apellido como se merece —asintió su estrenada suegra.

—Gracias señora Smith, no dude que así será, fui muy bien educada para cuando llegara este momento de mi vida, le aseguro que no los defraudaré ni a ustedes ni a mi familia.

—Bueno a tu familia la salvaste de la vergüenza pública, iban directo a la bancarrota, sin embargo, agradezco que hayas aceptado casarte con mi hijo, que es un bueno para nada, está de más decir que su reputación como joven de sociedad acaba de ascender al haberse casado con una chica tan correcta como tú, así que todos hemos ganado.

Ely asintió con la cabeza, como si estuviera de acuerdo con las palabras de su suegra, cuando en realidad solo cumplía con la dura petición de su madre de salvarlos de la ruina.

—Lamento interrumpirlas señoras, pero el deber me llama y debo ir a atender los negocios familiares, bienvenida Elizabeth, siéntete como en tu casa, que realmente en un futuro lo será junto con toda la fortuna que dejaré a mi hijo y a mis nietos que espero me den pronto... —esbozó una sonrisa, se acercó a su esposa y le dio un suave beso de despedida en la mejilla y se entrecruzaron las miradas; miradas de cariño que el paso de los años no habían logrado borrar entre ellos— ...los veré en la noche para la cena.

—Pasa buen día amado mío, nos vemos en la cena.

—Que pase buen día señor Smith.

El señor Smith era un hombre de buenas costumbres, amigable, familiar, aun siendo uno de los hombres más poderosos de aquella ciudad se comportaba con una elegancia propia de un caballero, nada arrogante. La actitud y el comportamiento lascivo de su hijo lo llevaban por el camino de la amargura, sentía vergüenza cuando algún que otro conocido le aseguraba haber visto a su hijo hasta las tantas de la madrugada en bares, cantinas, burdeles y cuanto lugar de vicio existiera en esa ciudad.

Su hijo lo negaba todo rotundamente, pero sus grandes ojeras y su aliento etílico lo delataban ante la reprimenda constante de su padre. El señor Smith junto con el señor Harlem planearon aquel matrimonio para apaciguar por un lado los chismes (que de chisme no tenían nada porque era todo muy cierto) y por otro lado la inminente ruina de los Harlem.

La reputación del señor Smith era intachable, a diferencia de su hijo, eran como la noche y el día, enamorado de su esposa y su familia y de eso se fue dando cuenta Elizabeth a medida que fueron pasando los días en aquel su nuevo hogar.

La señora Smith tenía un pasado que estaba por descubrir la inocente Elizabeth. Helen Smith, hija de tabacaleros nada acaudalados, recibió educación básica y desde muy joven tuvo que ayudar a su familia en los oficios de la pequeña empresa familiar. Tuvo una niñez corta, ya desde los catorce años supo lo que era el trabajo y la vida dura, guardaba ese resentimiento en sus adentros por el hecho que no tuvo una adolescencia igual que las demás niñas ricas de su época.

En una ocasión el señor Smith (suegro de Helen) le propuso al padre de Helen que le vendiera su pequeña empresa y recibiría a cambio una muy buena remuneración. El padre de Helen se negó rotundamente a entregar el patrimonio familiar que había heredado de sus antepasados, el cual carente de medios económicos no había podido expandir.

El señor Smith había advertido que cuando acudía con su hijo a la empresa del padre de Helen notaba como los jóvenes intercambiaban miradas y se veía atracción mutua, por lo que pensó que podría convencer al padre de Helen de adquirir su empresa a cambio de casar a su hijo con Helen y asegurar parte del patrimonio adquirido. A pesar de que no pertenecían a la misma clase social, el señor Smith vio en ese casamiento la adquisición de un negocio muy lucrativo para aquellos tiempos y que junto con la fortuna que poseía podía hacer una gran expansión del negocio.

Albert y Helen se casaron enamorados, pero ella no era un ser con alma tan pura como él, y aunque el señor Smith (padre) le hizo un gran favor, siempre existió dentro de ella resentimiento con su padre por haberla hecho trabajar en su juventud y con su suegro porque se apoderó de la pequeña fortuna que de no ser así hubiera pasado a ser su herencia familiar.

En fin, la señora Smith tenía todo para ser feliz, pero su actitud controladora y prepotente no la dejaba así manifestarlo, por tal motivo descuidó un poco la educación de su hijo, yendo tras la banalidad materialista y el chico optó por hacer de su vida una falta de responsabilidad total.

Capítulo IV

Los días transcurrieron tranquilos, muy parecidos unos a otros, Elizabeth se adaptaba fácilmente a su nueva vida, hasta que por fin llegó el tan indeseado día, o mejor dicho la tan indeseada noche donde ella dejaría de ser la inocente niña soñadora, que ya había perdido las esperanzas de amar y ser amada como en sus sueños.

Una tras otra noche John había ido a descargar sus pasiones a los sitios que frecuentaba, hasta que un día su padre se acercó y le preguntó por la intimidad de su matrimonio, si estaba feliz con su esposa y cosas similares que pueden hablar los padres con los hijos varones.

—¿Hijo cómo van las cosas con tu esposa?, ¿eres feliz?, ¿la haces feliz a ella?

—Sabe padre que acepté este matrimonio para que no se sintiera más avergonzado de mi conducta, estoy dispuesto a cambiar, pero sabrá que un cambio de esa índole no sucede de la noche a la mañana, por favor padre deme un tiempo prudente, le prometo que las cosas marcharán como usted desea, quiero demostrarle que a pesar de mi actitud usted es mi mayor ejemplo a seguir y quiero imitarlo siendo buen esposo y padre de familia, pero... padre... después de probar los placeres y la lujuria... me resulta difícil cambiar tan deprisa, lo intentaré... quiero que sienta orgullo de su único hijo y heredero de la fortuna Smith.

—Hijo hemos logrado conseguir un diamante para ti, por favor demuéstranos que eres merecedor de tan especial dama y demuéstrale a tu esposa que puedes llegar a ser el mejor y más amoroso de los esposos, por favor, quiero sentir la tranquilidad de que mi hijo seguirá mis pasos y podrá ser digno heredero de nuestra fortuna.

—Así será padre, lo prometo —asintió con voz firme.

Padre e hijo se fundieron en un abrazo afectivo, esperando así ver cumplida la promesa de su hijo, Albert dio unas palmaditas en su espalda.

La hora nocturna indicó que había que ir a descansar... aunque tal descanso para Elizabeth sería más bien una tortura.

Entró John al dormitorio y la encontró cepillando su largo y rubio cabello como hacía siempre antes de dormir, se acercó lentamente y acarició su cuello, ella se estremeció porque era primera vez que un hombre la tocaba de esa manera, él ya es un hombre experimentado, pero no en dar amor, sino en recibir placer de mujeres de profesión complaciente, la tomó del brazo, le pidió que se levantara, desgarró sus prendas de un halón y comenzó a tocar su cuerpo de forma lasciva, nada tierno... ella ya temía que ese momento llegaría y todos estos días se fue preparando mentalmente, pero nada que ver con lo que ocurriría después.

Sin usar caricias previas ni dulces besos comenzó a usar su miembro viril de forma impetuosa, dominante sin control... creía que hacerla su esposa era montar una bestia salvaje del campo, muy lejos de la realidad, le hizo daño, mucho daño y sin compasión llego al clímax sin darle oportunidad al romanticismo, al dar y recibir, al sentimiento, era un ser desmedido en cuanto a recibir placer se refería.

Y así fue pasando el tiempo entre tanta falsa apariencia, entre tanto desamor, Elizabeth sentía que debía cumplir con su deber de esposa e hija, aunque no tuvieran en cuenta para nada sus sentimientos y pasiones.

Capítulo V

Cada día Elizabeth tenía por costumbre visitar a su madre con la cual daba largos paseos matinales visitando en ocasiones algunas de sus amigas. El cochero de los Smith siempre la esperaba a la misma hora sin falta, la ayudaba a subir al carruaje dándole su mano a la vez que ella sujetaba su largo vestido dejando ver sus botines a juego, subía el pequeño peldaño del carruaje y una vez dentro, el cochero cerraba la portezuela suavemente y se disponía a emprender el camino hacia el hogar materno.

El cochero era un señor ya entrado en años, dedicado desde su juventud al servicio de la familia Smith, discreto, cordial, afable, cualidades dignas de un buen empleado que se precie. Tenía un joven hijo que, aunque pertenecía a la clase medio baja, poseía grandes cualidades para orgullo de su padre.

Henry Fredrick, tenía veintitrés años, desde muy pequeño quedo huérfano de madre debido a una terrible enfermedad que le arrebató la vida, educado en un hogar humilde, pero de grandes valores, Henry no dudo en dedicar su juventud a enriquecer sus conocimientos que sabía le asegurarían un mejor futuro, a diferencia de la mayoría de los jóvenes de la época, dados a los placeres y a la vida fácil.

El hijo del señor Fredrick, muy de vez en cuando acompañó a su padre en sus horas de trabajo, siendo conocido obviamente por la familia Smith y en este caso por Elizabeth, la nueva inquilina de la mansión.

Ya en varias ocasiones los jóvenes habían cruzado sus miradas y se notaba cierta simpatía entre ambos, la cual no trascendía de ese punto debido a que Elizabeth era una mujer casada y para esa época no era bien visto que las conversaciones trascendieran más allá de un cordial saludo entre las señoras de clase con personas de otro nivel social.

Los encuentros entre ellos fueron tomando cada vez un giro inesperado para sorpresa de ambos, por lo que cada vez sus miradas iban dejando notar emociones que se hacían mayor.

Cuando Henry decidía acompañar a su padre en su jornada de trabajo, este insistía en ser él quien ayudara a subir a Elizabeth al carruaje ofreciéndole su mano para subir el pequeño escalón. El roce de aquellas manos les fue trasmitiendo a los jóvenes agradables sensaciones, intensas miradas y sentimientos que comenzaban aflorar en sus corazones y que a su vez debían dejar a un lado por motivos evidentes.

Para Elizabeth solo existía un momento en el día por el cuál sus amaneceres cobraron otro sentido, comenzó a renacer en su interior aquella alegría que tanto extrañaba, la cual le había permitido soñar con un mundo de pasión hasta ese momento desconocido.

Un día el señor Fredrick amaneció con un fuerte resfriado, tuvo que permanecer unos días de reposo hasta recuperarse, por lo que su hijo Henry era el encargado de ocupar el puesto de su padre cuando este tuviera algún percance de salud o de otra índole.

Ya era la hora de recoger a Elizabeth para llevarla a su paseo matinal y al ver que Henry se presentó sin su padre, la chica extrañada después del acostumbrado saludo, no dudó en intercambiar unas palabras con el joven:

—Buenos días Henry, me sorprende verlo sin su padre, ¿ha ocurrido algo?

—Buenos días señora Smith, mi padre amaneció con un fuerte resfriado, por lo que haré su trabajo hasta que se ponga bien del todo, necesita reposo y además no quiere contagiar a los que encuentre a su paso.

—¡Oh cuánto lo siento de veras! le deseo mis mejores parabienes... así que será usted quien haga su trabajo estos días... supongo.

—Sí señora, supone bien, estaré a su orden en todo lo que precise.

Comenzó el recorrido habitual hacia el hogar de los Harlem, el tiempo hacía su destino, transcurriría apenas en una media hora más o menos, y esta vez ocurriría algo diferente, inesperado, que sorprendería al joven Henry, pero que a su vez era lo que más deseaba su corazón.

A medio camino Elizabeth le indicó al joven que detuviera el carruaje y le dijo que no iría a visitar a su madre tan temprano, más bien prefería dar un paseo diferente.

El joven extrañado, pero feliz de aquella decisión aceptó sin dudarlo e hizo lo que la señora le dijo.

Ely le manifestó a Henry su interés de ir a un lugar al aire libre donde solo escuchara el trinar de los pájaros, la brisa del viento moviera su pelo y sintiera una sensación de libertad absoluta, puesto que su vida era bien monótona, cada día era similar al otro y su alma necesitaba escapar de aquella rutina tan tediosa.

Existía un lugar perfecto para la clase de paseo que Ely buscaba, el "Hyde Park", situado en el centro de la ciudad, provisto de un lago donde existe fauna silvestre incluyendo cisnes, patos y gansos. Lugar donde se puede desconectar del ruido de la gran ciudad y disfrutar del silencio de la naturaleza, los árboles y arbustos proporcionaban rico hábitats para las aves, también las ardillas se dejan notar por ese bello paraje natural.

Llegaron al hermoso lugar, Henry detuvo el carruaje. Elizabeth deslumbrada salió y observó cada detalle que alcanzaban a ver sus grandes y avivados ojos y exclamó...

—¡He dejado de vivir realmente hasta este día! aquí está mi lugar ideal para ser yo misma y sentirme completamente libre —mientras gritaba daba vueltas en círculo agitando su vestido.

—En serio señora ¿nunca había visitado este lugar?

—No Henry... mi esposo solo se ocupa de sus negocios, sus amigos y sus placeres, nunca hace tiempo para mí, mi vida no es lo que parece, vivo en una jaula de oro y hoy por fin siento que hay vida más allá de la vida, ¡soy feliz!... y todo gracias a ti...

—¿A mí por qué señora?

—Porque... —titubeó un poco mientras le miró dulcemente—, has aceptado traerme a este lugar maravilloso, has logrado sacarme por un rato de la monotonía que es mi vida.

—Yo solo cumplo órdenes señora.

—Uhmm... ¿solo cumples ordenes? —repitió mientras sonrió ligeramente.

—Sí señora.

—¡Pues te ordeno a que compartas mi felicidad!

Rio a carcajadas, lo tomó de la mano y como niños lo instó a correr por el verde paraje mientras revoloteaban los pájaros a su alrededor... corrieron por todo aquel lugar como un par de enamorados y no paraban de reír todo el rato.

—¡Señora ha perdido el juicio!

—¡Pues si esto es locura que me encierren para siempre! —gritaba y reía a la vez.

Se detuvieron para sentarse un rato y descansar a la orilla del lago, justo a un lado habían unas hermosas rosas rojas y algo titubeante Henry arrancó una y se la ofreció a Elizabeth.

Ella no dudó en aceptarla y sonrió, se cruzaron las miradas por un buen rato y latieron sus corazones más de prisa que de costumbre... la magia del momento fue interrumpida por Henry cuando le recordó a Elizabeth que había pasado un buen rato ya y que su familia debía estarse preguntando donde estaría.

Ella no dudó en confirmarle que sí se iría ya, pero con la condición que aquello fuera un secreto para ambos que no sería contado a nadie, ni siquiera al padre de Henry.

De inmediato se dispusieron a irse a casa de los Harlem y al llegar la madre de Ely le preguntó con inquietud...

—Hija... ¿por qué has tardado tanto en llegar, me tenías preocupada?

—Madre hoy salí algo más tarde de casa, no ha ocurrido nada en particular, se lo aseguro, quiero decirle que a partir de ahora vendré a visitarla algo más tarde que de costumbre, quiero dormir un poco más solo eso.

Durante los días que estuvo enfermo el señor Fredrick, las visitas de Ely con Henry al parque fueron habituales, ella se sentía libre, feliz, volvió a sentir aquella pasión por la vida que había perdido, ya la monotonía de su vida de casada parecía no importarle para nada.

Los encuentros frecuentes de los jóvenes y el bienestar que ambos sentían al pasar tiempo juntos fueron provocando una atracción fuerte entre ellos, fue surgiendo la llama del amor, aquel sentimiento con el que tanto Elizabeth había soñado y que por fin comenzaba a aflorar inesperadamente en su corazón.

La felicidad se notaba en el rostro de Elizabeth y de eso se dio buena cuenta su madre, la cual imaginaba que ese bienestar era causado por las recientes nupcias.

—Hija, noto gran felicidad en tu rostro, un brillo peculiar en tus ojos, una elevada expresión de haber alcanzado la cúspide del amor, ¿es así o me equivoco?

—Así es madre —dijo Ely mientras daba giros alrededor de su madre agarrándose el largo vestido—: soy verdaderamente feliz, me siento como nunca antes, no quiero despertar nunca de este sueño.

—Que tranquila me quedo ahora hija mía que por fin hayas alcanzado la felicidad en tu matrimonio, sé que fue un enlace no deseado por tu parte y que hiciste un gran sacrificio por tu familia y veo que al final tanto esfuerzo ha merecido la pena.

—Disculpe madre que la contradiga... pero no ha sido el caso —habló en tono suave y bajó levemente la cabeza, sintiéndose avergonzada.

—¿Qué quieres decir hija?... no entiendo tus palabras.

—Madre... amo a otro hombre... y soy amada con la misma intensidad.

—Pero ¡cómo es posible niña! ¡como ha ocurrido tal cosa!

—Ha ocurrido sin más madre… Henry me trata como una verdadera dama, toma en cuenta mis sentimientos, es un caballero de los pies a la cabeza.

—¿Henry? ¿quién es Henry? ¿de dónde lo conoces?

—Es el hijo del señor Fredrick.

—¡Eres una mujer casada hija, como has permitido que sucediera tal cosa!, es una deshonra y una desvergüenza, a partir de hoy no vuelves a ver a ese chico, si es posible no vuelvas a visitarme hasta que se recupere el señor Fredrick, hazlo por tu bien y por el de tu familia, ¡si esto llega a oídos de tu esposo o su familia todo lo que hemos conseguido lo perderemos, niña ingrata!

—¡Solo te preocupas por lo que has conseguido con mi infeliz matrimonio verdad! ¡no te importan mis sentimientos, lo dura que ha sido mi vida todo este tiempo viviendo con un perfecto extraño, que me abusa y que mancha mis sábanas con el perfume de prostitutas!

Tras dichas palabras de enojo y desahogo Ely fue bofeteada bruscamente por su madre.

—A partir de hoy te vas a olvidar de ese chico, no saldrás más de tu casa hasta que te quites de la cabeza esa maldita locura que te traes entre manos, con enamorarte de ese plebeyo solo conseguirás tu ruina y la de tu familia, recapacita.

—Podrán encerrarme en una jaula de oro, pero lo que me ha hecho sentir y vivir Henry jamás podrían quitármelo, ¡te lo juro madre! —dio un portazo y salió corriendo hacia el carruaje sin mirar atrás—: ¡vamos Henry, llévame rápido a casa!... aquí no somos bienvenidos.

Capítulo VI

Tal y como había pactado con su madre Ely no volvió a visitarla en las mañanas como hacía de costumbre, su madre se lo pidió con el fin de que no volviera a ver más a Henry, pero eso fue inevitable.

Las salidas matutinas de los jóvenes continuaron, ya era imposible deshacerse de lo que sentía uno por el otro, la familia Smith seguía pensando que Ely salía a visitar a su madre, cuando en realidad salía a encontrarse con su verdadero amor, con el hombre que la hacía sentir inmensamente feliz.

Continuaban yendo a sitios idílicos, románticos, lejos del bullicio y las miradas indiscretas y la pasión iba creciendo al punto que ya deseaban más que verse, mirarse, reír juntos... ya deseaban besarse, acariciarse, sentirse.

A sabiendas que era una mujer casada Ely no sentía ese sentimiento de pertenencia que siente una esposa, se dejaba llevar por sus emociones, quería sentirse realmente amada... y ahí estaba Henry, tan caballeroso, cariñoso, sensible, capaz de tocar sus más intrínsecas emociones con tan solo una mirada... ya no podía resistirse más a sus encantos, fue entonces cuando decidió dar riendas sueltas y entregarse sin medida a la pasión.

Todo sucedió en una de esas frías mañanas londinenses, recién llegaban al lugar donde solían alejarse del mundo y ser solo ellos y es entonces cuando Henry abrió la portezuela del carruaje y le ofreció su mano como de costumbre para que Ely bajara, pero sucedió algo inesperado para él... sintió un halón fuerte hacia dentro del carruaje cayendo en el regazo de su amada.

Fue entonces cuando se fundieron en un beso apasionado sin pensar en nada ni en nadie, solo en el gran amor que sentía el uno por el otro, comenzaron a desvestirse rápidamente e hicieron el amor como locos, como si fuera el último día de sus vidas, sus cuerpos sudorosos se fundieron en uno solo hasta llegar al clímax y sentir ganas de repetirlo una y otra vez... y así sucedió.

—Amor estamos locos... —indicó Henry.

—Sí, pero de amor, no quisiera que este momento terminara, no quisiera volver nunca más a mi jaula de oro, después que me has hecho sentir mujer en todos los sentidos, te amo Henry, como solo he amado en sueños, eres mi sueño y mi realidad.

—Tú también eres mi sueño y mi realidad amor mío, pero sabes que lo nuestro no pasará de fugaces escapadas, no creo que debamos dejar que esto vaya a más.

—Es demasiado tarde; lo que siento por ti es inmenso, haces que mi vida tenga sentido, haces que sienta ganas de vivir, pero contigo, mis noches ya son más soportables al lado del canalla de mi marido, porque sé que mis mañanas borrarán todo ese martirio, tu amor es la cura a mi condena.

Se juntaron en un largo beso, se acariciaron dulcemente y decidieron regresar de vuelta a la mansión de los Smith.

Como era de esperar el señor Fredrick se recuperó de su gripe y al día siguiente del apasionado encuentro de los jóvenes, regresó a su trabajo en la mansión de los Smith.

Esta vez llegó solo, su hijo no le acompañó, Ely se acercó y le dijo que pasaría un tiempo sin visitar a su madre.

—Señor Fredrick, ¿ya se encuentra bien de la gripe?

—Sí señora, gracias a Dios ya pasó todo y usted, ¿cómo se encuentra?

—Muy bien señor Fredrick y su hijo, ¿hoy no le acompaña?

—No señora, ha decidido irse a trabajar a los muelles, le han informado que buscan mano de obra y pagan bien, es la única forma que tiene de pagarse sus estudios porque con lo que yo gano no es suficiente para ayudarlo.

—Vaya me alegra saber eso señor Fredrick, realmente es un orgullo para usted tener un hijo como Henry —hizo el comentario disimulando su sorpresa.

—Así es señora, Dios me ha dado un solo hijo, pero me ha premiado con uno excelente y responsable, disculpe señora, pero debo ocuparme del trabajo, cuando necesite estaré a sus órdenes.

—Así será, que pase buen día...

—Usted también señora, con su permiso.

—Adelante.

Ely se quedó inmóvil sin saber qué hacer... sintió la fría sensación que el gran amor de su vida había decidido alejarse de ella, ¿qué haría ahora con tanto sentimiento reprimido?... una profunda tristeza se apoderó de ella, subió lentamente a su habitación y se puso a llorar, a la vez que recordaba esos maravillosos días que había pasado con su gran amor, sus besos, sus caricias y aquella loca pasión descontrolada que habían vivido el día anterior.

Sus lágrimas salían como torrente de un manantial, paso el día en su habitación y no bajó siquiera a comer nada, su inmensa felicidad era reemplazada nuevamente por el calvario de vida del cual había logrado zafarse por un corto período de tiempo.

Capítulo VII

—Señora, ¿puedo pasar?

—Sí pase —respondió con voz suave.

—Señora ¿se encuentra bien? ¿necesita algo?

—No gracias, estoy bien, creo que tengo un leve resfriado y me duele un poco la cabeza, ya se me pasará con descanso.

—Voy a ordenarle un caldo caliente para que se recupere pronto mi señora.

—No es necesario.

—Disculpe señora, pero hoy no ha comido nada.

—No te preocupes, no tengo hambre.

—Bueno señora, si necesita algo se lo traeré con mucho gusto.

—Gracias..., pero estoy bien.

Ely pasó la noche inquieta, apenas pudo conciliar el sueño pensando en su amado, por lo que decidió una vez se fuera su marido a trabajar, escribir una carta y enviarla a Henry con el padre de este.

"Amado mío... cuánto anhelo verte, extraño mucho nuestros paseos matutinos, la felicidad que nos invade al estar juntos, echo de menos inmensamente tus besos, tus caricias, tu manera de poseerme, no sé cuánto podrá mi corazón soportar tanta distancia, ardo en deseos de estar a tu lado nuevamente".

Tuya por siempre... Elizabeth.

Capítulo VIII

—Buenos días señor Fredrick, me gustaría agradecerle por escrito a su hijo lo bien que desempeñó su trabajo en su ausencia, puede sentirse orgulloso y afortunado de tener un hijo como Henry, ya no se ven chicos tan responsables como él.

—Buenos días señora, honor me hace con sus palabras, me complace saber que todo marchó bien y que usted se haya sentido bien atendida, con gusto le llevaré su misiva en la tarde cuando vuelva a casa.

Ely pasó el día muy nerviosa, deseosa de saber qué pasó con Henry, las horas se volvieron eternas y no consiguió concentrarse en nada, tenía un solo pensamiento que la angustiaba hasta el tormento.

—Hijo ¿cómo has pasado el día?, de la casa de los señores Smith te han enviado una carta de agradecimiento, estoy muy feliz por eso —dijo exaltado el señor Friedrich.

—Gracias padre, ahora mismo la leeré.

Con mucho cuidado Henry abrió la misiva y leyó detenidamente a la vez que tuvo emociones encontradas, amaba profundamente a Elizabeth, pero sabía que ese amor no vería la luz, por lo que decidió no responder la carta porque sabía que era lo mejor. Al mismo tiempo decidió no volver por la mansión de los Smith a ayudar a su padre, todo esto era para poder olvidar lo vivido que nunca debió pasar entre él y su amada.

Capítulo IX

Habían pasado unas cuantas semanas desde el último y mágico encuentro entre Ely y su amado. Se dio cuenta que a pesar del gran amor que surgió entre ambos, era algo demasiado imposible para ellos y asumió que el chico no fue a verla con la intención de poder olvidar todo lo sucedido.

Pero un giro inesperado haría que ella buscara a Henry. No solo porque estaba desesperada, sino porque sentía que su inmenso amor había dejado fruto dentro de ella, su corazón no la engañaba y está muy convencida que en poco tiempo tendría un hijo suyo.

Por lo que ella decidió que era hora de buscar a Henry y decirle lo que sucedía.

Nuevamente salió en busca de su única y fiel amiga doña Matilda, amiga de su familia de toda la vida. Organizó una salida con la excusa de que su amiga le ayudara a escoger algunas cosas que necesitaba para la llegada del bebé. Era la excusa perfecta para abrirse con su amiga y contarle todo lo relacionado de lo ocurrido con Henry y que tenía la certeza de que el hijo que espera era de él.

—Necesito verlo Mati —le dice con cariño a su amiga—, estoy desesperada, hace semanas no sé nada de él, su padre me dijo que trabaja en el muelle, pero no tengo excusa para decirle que me lleve allí, será evidente que iría solo a verlo y temo que se enteren en la casa y me prohíban siquiera salir... tengo que verlo, mi sufrimiento cada día es mayor y ahora tengo una razón de peso para buscarlo, por favor ayúdame.

—Cariño, sé el calvario que has tenido que pasar al casarte con un ser despreciable, obligada por tu familia, robaron tu inocencia, tus sueños, tus pasiones. Por un lado, estoy muy feliz que hayas encontrado a un hombre de verdad que te trate como te mereces, como toda una dama que eres, pero por otro lado... sabes que es una lucha contracorriente; princesa, la vida no es un cuento de hadas, la vida no es como la pintan los cuentos, la felicidad es efímera, solo existen momentos felices.

—¡Pues me niego! me niego a ser infeliz, me niego a no hablarle a Henry de su paternidad, sé que él me ama tanto como yo a él, sé que está haciendo lo imposible por olvidar lo nuestro, pero no lo ha olvidado, estoy más que segura.

—Bueno, ¿qué propones?, a ver niña testaruda ¿dime?...

—Propongo que me acompañes a buscarlo, creo que podríamos ir en tu propio carruaje, así no sabrán dónde hemos ido, por favor amiga solo voy a pedírtelo una sola vez, solo quiero hacerle saber a Henry que tendremos un hijo fruto de nuestra pasión y luego ya veremos que sucede.

—Bueno voy a ser condescendiente contigo en compensación por todo lo que has sufrido princesa, pero sabes a lo que te expones, si algún conocido de tu esposo o tu familia te ve hablando con Henry..., aunque ya se me está ocurriendo el modo en que voy a propiciar vuestro encuentro —le hizo un guiño a Ely y se fundieron en un largo abrazo.

Capítulo X

Era la mañana del día en el cual doña Matilda y Elizabeth iban a buscar a Henry al muelle. Por supuesto fueron en el carruaje de la doña para no levantar sospechas y todo saliera como lo habían planeado.

El muelle era parte del puerto principal de Londres, donde había un gran trasiego de barcos, mercancías, carga y descarga. Allí trabajaba Henry y hasta allí se desplazaron sin previo aviso. Preguntando por un lado y por otro al fin dieron con el joven. Doña Matilda con ayuda del cochero bajó del carruaje y se acercó a Henry.

—Buen día tenga joven, disculpe mi presencia sin avisar, pero traigo una encomienda muy urgente para usted.

—Buenos días señora, a sus pies, ¿a qué debo el honor de su grata e inesperada presencia?

—Alguien te espera en el carruaje quiere hablar contigo un asunto importante.

—Muy bien señora, con su permiso...

Muy intrigado el joven, pero a la vez con ganas de saber el motivo del mismo se acercó al carruaje, subió con cuidado el peldaño, abrió la portezuela y ahí estaba ella, su amada, su gran amor imposible, la princesa que le fue negada para su reino... se miraron fijamente, luego el joven bajó la mirada y mostró intenciones de irse, a lo que ella dulcemente le dijo:

—Por favor, quédate, solo serán unos minutos. ¿Como has estado?, hace mucho que no se nada de ti, ¿me olvidaste Henry?

—Eso no pasará nunca, pasará el tiempo, pasará la vida, pasarán las estaciones, pero mi amor por ti jamás, solo soy un hombre sensato que sabe dónde está su lugar y no es precisamente a tu lado, no puedo darte riquezas, no tengo el castillo que te mereces, no puedo darte joyas para que luzcas, soy solo lo que ves aquí y ahora.

—Pero tienes la mayor de las riquezas, que me haces feliz solo porque existes, tus besos, tus caricias, tu mirada, tu bondad e infinitas cualidades que posees, nos amamos y eso es lo más importante.

—Es cierto que nos amamos, pero también es cierto que tu lugar es al lado de tu esposo, ahí es donde perteneces Elizabeth.

—Mi lugar es en tus brazos, nunca antes me sentí tan protegida, tan segura, tan feliz, desconocía esa sensación hasta que empezó lo nuestro, eres realmente la persona que quiero a mi lado, el padre de mi hijo.

—¡Hijo!

—Sí oíste bien Henry, llevo en mi vientre el fruto de nuestro amor, mucho antes de ese día no tuve intimidad con mi esposo, ya sabes, se lo pasa en bares y cantinas, rodeado de mujeres, por eso mi certeza tan segura que es nuestro hijo.

—¿Qué has pensado al respecto? —se llevó las manos a la cabeza—, no puedo darte ni a ti ni a nuestro hijo la vida que os merecéis.

—Nuestro hijo y yo solo queremos que nos colmes de amor y protección, lo material es efímero, nunca fui más rica de alma hasta que te conocí, nunca estuvo tan lleno mi corazón hasta que me hiciste tuya y también llenaste mis entrañas de vida, te amo Henry, eres el hombre con quien quiero pasar el resto de mi vida y envejecer a tu lado.

—Sabes que eso es imposible Elizabeth, tendremos que luchar contra dos familias, seremos como David y Goliat.

—Estoy convencida que el amor es la fuerza más poderosa del universo amor mío, pero ven pon tu mano en mi vientre, siente la vida que pusiste dentro de mí, la semilla floreció igual que nuestro amor y nadie podrá contra eso.

Henry se acercó muy despacio se puso de rodillas delante de Elizabeth, tocó su vientre, también lo besó... levantó su rostro y se entrecruzaron las miradas y se entregaron en un largo y apasionado beso que parecía no tener fin.

—¡Te extrañe tanto amor mío!

—Yo también te extrañé mi princesa, no ha pasado un solo día ni una sola noche que no estés en mis pensamientos, rezo a Dios cada noche para que te arranque de mi corazón, pero las ganas de verte aumentan cada día más...

No paraban de besarse con pasión.

—Bueno amor mío, es hora de irme —suspiró Elizabeth—, veré cómo soluciono lo nuestro, sé que será algo difícil, pero no imposible, nos debemos esta felicidad junto a nuestro hijo.

—Esperaré impaciente tu regreso a mi vida, si tiene que ser sucederá, pero a la vez siento mucho temor por lo que te pueda pasar en cuanto decidas dar tan inminente noticia amor mío.

—Espera mi respuesta amor, voy a planearlo todo con mucho cuidado, me tomará algún tiempo pensar cómo será nuestro encuentro definitivo y para siempre.

—Por ti espero toda la vida si es necesario mi princesa amada, eres el sol de mis días, eres la luz que ilumina mi vida, el sendero que me lleva a la felicidad infinita.

Se dieron un largo y apasionado beso y se despidieron con la esperanza de volver a encontrarse de una vez y para siempre, pero la vida no sería muy condescendiente con esta hermosa historia de amor, no en los tiempos que corrían, no en aquella familia de la cual formaba parte su dulce amada.

Salió el joven del carruaje, se despidió amablemente de doña Matilda que había tenido la inmensa paciencia de esperar por el encuentro de los dos jóvenes y salieron rumbo a la gran mansión de los Smith, donde ocurrirían innumerables sucesos desencadenantes.

Capítulo XI

A lo largo del trayecto hacia su casa, Ely solo recordaba todo lo sucedido con Henry, todo lo que sintió al reencontrarse con su amado, pero por otro lado su cabeza no paraba de pensar la forma en que haría que sus vidas se unieran para siempre.

Cayó la noche y decidido hablar con John sobre lo que estaba sucediendo y la decisión que quería tomar al respecto, estaba resuelta a decirle toda la verdad muy a pesar de las consecuencias.

—¿Qué haces despierta a esta hora de la noche?

—Te esperaba para que hablemos de algo importante.

—¿Qué puede ser tan importante entre nosotros? ni siquiera nuestro casamiento lo ha sido —aludió con sarcasmo.

—Pues en eso estamos de acuerdo, considero que este enlace ha sido más un negocio que cualquier otra cosa, pero, en fin, quiero que sepas que llevo un ser en mi vientre —se tocó suavemente la panza.

—¿Ésa era la noticia importante? —ripostó con ironía—: dísela mejor a mi padre, ese si saltará de alegría, espera que le demos un heredero.

—Esa es parte de la noticia mi querido John.

—Pues déjalo para otro día, estoy demasiado cansado como para seguir oyendo tus sandeces.

—El hijo que llevo en mi vientre no es tuyo... —dijo de manera firme, pero echa un manojo de nervios por dentro.

—¡¿Cómo dices?! ...

—Estoy enamorada de otro hombre, alguien que sabe tratar a una verdadera dama, que me hace feliz y me hace olvidar la tortura que es estar casada con un hombre como tú, esta vida que llevo en mis entrañas es fruto de ese amor, del verdadero amor.

De una bofetada John tiró a Ely al suelo gritándole improperios...

—No sabía que tenía una mujer de vida alegre en casa, mira y yo buscándola en la calle, —terminó diciendo propinándole otra bofetada.

—¡Detente John, ya no más!, quiero decirte que ya no quiero continuar mi vida contigo, me voy de la casa junto al hombre que amo, no me golpees más por favor.

—¡Tu no vas a ningún lugar, tú estás casada conmigo!, mi padre me ofreció toda su herencia a cambio de que me casara y tuviera hijos, yo no voy a perderlo todo por tu enamoramiento de quinceañera.

—Nuestro matrimonio es una farsa John, búscate otra esposa, una que sea como tú, que solo te busque por lo que posees y no por lo que eres, déjame ser libre y vivir la vida que quiero, ¡por favor, déjame ir!

—¡Eso no sucederá jamás!, te quedas en esta casa, con tu esposo, con nuestro hijo, porque vamos a decirles a todos que es mi hijo, no vas a salir diciendo por ahí la verdad, no, esta verdad te la llevas a la tumba contigo, ni a tu familia vas a decirle, o sino...

—¿O, sino que sucederá John?

—Si tú cuentas a todos que ese niño es de otro hombre, te arrebato al niño de tus brazos y a ti te llevo al manicomio, allí es tu lugar, porque solo a una demente como tú se le ocurre hacer semejante trastada a una familia que te ha recibido como a una hija y a un marido como yo de tal linaje tan codiciado por las mujeres de esta ciudad.

—¿Codiciado tú? porque ninguna sabe que eres un pésimo marido y un miserable ser humano, te odio, te detesto desde que supe de tu existencia, ¡maldigo la hora en que me casé contigo, maldigo el día que empecé a ser parte de esta familia, nunca he sido feliz a tu lado y nunca lo seré, maldito egoísta!

John le descargó otra bofetada y tiró a Ely sobre la cama, la sujetó fuerte por los brazos y su respiración casi podía sentirla en su rostro.

—Eres mi esposa y de aquí te vas muerta o al manicomio, tú eliges.

De las bofetadas y los gritos pasó a poseerla con la fiereza desmedida de un animal salvaje, por más que Elizabeth se negó, el forcejeo de John fue tal que logró su objetivo muy a pesar de las lágrimas de ella y la negativa a ser suya, una vez más la venció y consiguió hacer de ella una víctima domada e indefendible.

Capítulo XII

Pasaron los meses y se avecinaba el alumbramiento, el día más feliz de la vida de Elizabeth después de la última vez de su encuentro con Henry, su inolvidable amor.

Nunca más pudo volver a encontrarse con el verdadero padre de su hijo, pero sus besos aún seguían en sus labios, sus caricias permanecían en su piel y al ver el rostro de su hijo lo recordaba aún más, hizo que ese momento permaneciera intacto y las ansias de verlo fueran en aumento, porque la criatura era la viva imagen de su progenitor.

Las dos familias reunidas celebraban la llegada del nuevo miembro de la familia Smith, brindaron con champán y permanecieron en el gran salón de la mansión a la espera de poder ver a la esperada criaturita.

Por fin se acercaron al dormitorio de Elizabeth sus padres, suegros y esposo, sus hermanas permanecieron sentadas en el salón a la espera que las dejaran entrar al dormitorio.

—¿Cómo te sientes hija?

—Todo bien madre algo cansada, pero feliz de tener a mi hijo en brazos, no existe para mí mayor felicidad.

—Es igualito a mi hijo, ¿verdad Johny que sí? —dijo la señora Smith.

—Sí madre, a quien se va a parecer más que a su padre.

—¿Ya han pensado en el nombre? nos gustaría que fuera alguno de nuestro linaje Elizabeth, como Albert, Johny, claro los padres deciden, solo es una sugerencia —manifestó entusiasmado el señor Smith.

—Se llamará William, por William Shakespeare, el escritor de Romeo y Julieta, una muy bonita historia de amor y claro, nuestro hijo es producto de nuestro inmenso amor, ¿verdad Johny?

—Oh sí claro, William es un nombre muy varonil.

—Nos gusta mucho, sí, sí nos gusta, William, el grande, porque será grande entre los grandes, un gran futuro le avecina al heredero de nuestra fortuna, ¡salud!

Alzaron sus copas y brindaron por la llegada del pequeño William, sin saber todo lo que escondía la verdadera historia del tan aclamado nacimiento.

Capítulo XIII

Pararon cinco años desde que Elizabeth se convirtió en madre de un precioso niño producto de su amor imposible. Nunca más tuvo contacto con su amado porque temía a las amenazas de su esposo, sabía la clase de hombre con el cual se había casado, prepotente, desamorado, egoísta, irrespetuoso y maltratador. De cierta manera había logrado ser un poco más feliz con la llegada de su hijo, pero no había podido olvidar a Henry, todo lo vivido, lo feliz que había sido en su efímero, pero intenso romance, era muy parecido a lo que soñaba en su adolescencia, antes que le fuera arrebatada su inocencia.

Cada mañana solía salir con William a dar un largo paseo por los alrededores de la mansión, montar a caballo, a jugar mucho con él, era su escape a tanta infelicidad, además era parte de ser la buena madre que era, pero nunca olvidó aquel parque idílico donde paseara con Henry, donde surgió su gran amor.

Fue entonces cuando un día decidió llevar a su hijo a conocer el parque donde ella se sintió libre por vez primera.

—Prepare el carruaje que vamos a dar un paseo por la ciudad —ordenó Elizabeth.

—Señora, disculpe mi atrevimiento —respondió el cochero—, pero su esposo ha dado orden que a la ciudad usted solo puede ir con él, o con los señores Smith.

—Usted también me debe a mi obediencia, soy la legítima esposa y heredera de los Smith junto con mi hijo, así que le ordeno que se aliste sin rechistar y ni una palabra a nadie.

Así que no le quedó de otra al cochero que acceder a la petición de Elizabeth sin objeción. Para ese entonces el cochero no era el padre de Henry, este se había enfermado y se había ido a su casa bajo los cuidados de su amado hijo.

Camino al parque donde Elizabeth solía escaparse años atrás con Henry, le llegaron a su mente todos aquellos recuerdos inolvidables, los momentos de alegría que pasaron allí, la libertad que sintió de correr por la hierba, respirar aire puro y sentirse amada por un verdadero caballero, tan diferente a la horrible bestia con la que se casó.

Esta vez iba con su hijo, fruto del amor de ambos y al cual nunca le había contado su verdadera historia, solo tenía cinco años y no era conveniente para nadie que la verdad saliera a la luz.

Ya en el bello parque se bajaron del carruaje y Elizabeth respiró profundo y cerró los ojos, a la vez que su hijo salió corriendo a través del paraje.

—¡Mamá a que no me alcanzas!

—¡No vayas muy lejos William, juega cerca de mamá! ¡mira esas flores que hermosas hijo y las mariposas que revolotean a su alrededor!

—Tomaré una para ti mamá, eres tan bella como ellas —sonrió e hizo un ligero guiño de ojos.

—Ay mi niño que dulce y tierno eres con tu madre... a quien habrás salido con tanta ternura hijo.

—Aquí tienes madre, una flor bella para otra más bella.

—Gracias mi tesoro, uhmm huele muy bien —le dijo y le dio un tierno beso.

No muy lejos de allí un señor observaba todo el panorama, a Elizabeth tumbada en la hierba, al pequeño William corriendo de un lado a otro persiguiendo mariposas y recogiendo flores para su madre, era una escena muy hermosa, se mantuvo un rato observando, hasta que no pudo aguantar más y se acercó a ella.

—Elizabeth sigues tan bella como siempre, nada ha cambiado en ti.

—Disculpe, ¿nos conocemos señor?

El señor llevaba un largo abrigo, sombrero, barba dejada de mucho tiempo muy descuidada, parecía más bien un mendigo abandonado a su suerte.

—Disculpa si soy inoportuno, soy Henry, ¿me recuerdas?

—¿Henry? no puede ser, me habían dicho que ya no vivías en Londres, que te habías ido lejos, nunca más supe de tu existencia, ¿por qué andas así todo desaliñado, que ha sido de tu vida? —le dio un vuelco su corazón, pero a la vez eran sentimientos encontrados, no sabía qué hacer, qué decir, era todo tan raro.

—Después de nuestra conversación en el muelle aquella vez, me quedé esperando una respuesta de ti que nunca llegó, por medio de mi padre supe que tu esposo había dado órdenes que no salieras de la mansión hasta dar a luz, por lo que supuse que habías solucionado tus diferencias con él y me habías olvidado. A partir de ese entonces mi vida se volvió un infierno, perdí las ganas de vivir, perdí toda esperanza de recuperar lo nuestro, mi soporte fue mi padre, pero ya ni a él lo tengo —Henry bajó lentamente su rostro—, fue entonces cuando se me ocurrió volver cada día en las mañanas a este lugar, con la ilusión de encontrarte o simplemente recordar lo que vivimos, llevo cinco años viniendo y al fin el milagro de verte se me ha cumplido.

—Siento mucho lo de tu padre Henry..., pero por otro lado me alegro mucho de volver a verte, nuestro hijo ya tiene cinco años se llama William, por supuesto solo Johny sabe que no es suyo, nadie más lo sabe, me amenazó con llevarme al manicomio si yo lo decía y quitarme a nuestro hijo... fue por eso que no pude salir más a verte, sufrí mucho tu ausencia, lloré a mares, pero tenía que conservar el fruto de nuestro amor..., opté por cuidar de William, pero nunca perdí la fe de encontrarte algún día, mi matrimonio no funciona y nunca funcionará, solo mantenemos las apariencias. Quiero presentarte formalmente a nuestro hijo.

—No Ely ¿cómo se te ocurre?

—No le diré la verdad aún, pero un día lo sabrá, te lo prometo, ambos tienen el derecho de conocerse y quererse como lo que son, padre e hijo. ¡William cariño ven un momento por favor!

—¡Ya voy mamá!

—Mira cariño te presento a Henry, un viejo amigo de la juventud, su papá fue cochero nuestro antes que tu nacieras y desde ese entonces nos conocemos, salúdalo.

—Hola señor, mi nombre es William, ¿por qué lleva esa ropa vieja y sucia?

—William cariño, no inoportunes al caballero.

—No lo regañes Elizabeth, yo le explico.

Se arrodilló delante del niño y se quitó el sombrero:

—Lo que sucede es que he estado muy triste porque perdí mi familia, mi esposa esperaba un hijo y nunca más los vi, luego mi padre enfermó y también se fue, esta con Dios en el cielo.

—¿Y adónde fue su esposa y su hijo?

Henry tomó aire y dio un largo suspiro, sin embargo, no era el momento de decir la verdad así que buscó una salida más sencilla para William.

—Aún no lo sé William, cuando los encuentre, serás el primero en saberlo, te lo prometo.

Henry y Elizabeth se miraron fijamente y sus corazones latieron más fuerte que nunca, pero debían disimular delante del niño, a Ely le dio algo de pena ver en las condiciones en que lo había encontrado y estaba resuelta a ayudarlo en todo lo que pudiera para que Henry recuperara algo de su felicidad.

—William cariño ya puedes irte a jugar un poco más, voy a conversar otro rato con el señor y luego nos vamos.

—Está bien mamá —se fue no sin antes darle un fuerte abrazo y un beso a su madre.

—Es un amor de niño, salió a su padre

Dijo Ely y Henry sonrió.

—Me he quedado muy impresionada al verte, a la vez muy feliz de encontrarte, pero quiero que me prometas algo.

—Lo que sea mi princesa, menos que me aleje de ti, mi vida y mi alma te pertenecen, por los siglos de los siglos.

—Quiero que vuelvas al trabajo, organices tu vida y prepares un hogar hermoso para que vivamos juntos como una familia que somos, por supuesto eso tomará un tiempo, cuando tengas todo preparado, le digo a Johny que me voy de casa.

—Has enloquecido mi amada, volverá a querer quitarte al niño, será tu perdición Elizabeth, perderás todas tus comodidades y la buena vida a la que estás acostumbrada.

—¿Aún me amas Henry?

—Como no amarte si te llevaste contigo mi corazón, estos años de angustia son el reflejo de mi adoración por ti, no tengo vida porque tu amor me la arrebató como hoja al viento, solo he visto nubarrones grises enfrente de mí, pero hoy ya vi la luz cuando me miré en tus ojos.

—Yo tampoco he dejado de amarte amor mío ni un solo instante y encima de eso nuestro hijo tiene gran parecido a ti, ¿lo has notado?

—Si lo he notado amor mío, pero... ¿cómo vamos a resolver este dilema?

—Prométeme que recuperarás tu vida y que prepararás un hogar para los tres, no quiero lujos, no quiero opulencia, quiero amar y ser amada eso es para mí lo más valioso, de nada me sirve vivir en jaula de oro con ansias incontenibles de volar hacia ti amor mío.

—Ante Dios y nuestro hijo te prometo hacer lo que me pides amor mío, tus palabras le dan fuerza a mi alma, a partir de hoy voy a luchar por lo nuestro, será algo muy difícil; confiemos en el poder del amor que es omnipotente.

—Una vez al mes vendré por aquí con alguna excusa, no podré venir muy seguido, alguien de la casa puede contarle a mi esposo o su familia, vendré el cuarto viernes de cada mes en el horario de la mañana y nos encontraremos para ver cómo van las cosas.

—Así será amada mía, ya me voy, nos vemos pronto —le envió un beso con sus manos y Ely le envió otro con el mismo gesto.

—Vamos William cariño nos deben echar de menos ya en la casa, quiero pedirte algo cariño, no quiero que digas en la casa a nadie que hablamos con este señor, ¿podrás prometerle eso a mamá?

El niño asintió con la cabeza, era algo difícil que no sucediera porque los niños lo hablan todo como loritos, pero Ely confiaba en que todo le saldría como lo había planeado.

Capítulo XIV

Pasaron algunos meses y la vida en la mansión de los Smith se mantuvo igual que siempre. Elizabeth cuidando del pequeño William, Johny siguió de bares y cantinas despilfarrando la fortuna de la familia, el señor Smith ocupado en los negocios y la señora Smith chinchando cada vez que podía, no perdía la costumbre.

La familia de Elizabeth los visitaba de vez en cuando para jugar con el pequeño William y pasar tiempo con su hija.

En cuanto a lo acordado entre Henry y Elizabeth todo marcha sobre ruedas, Henry recuperó su trabajo y el último viernes de cada mes se encontraban en el lugar acordado para ver cómo iban las cosas, Ely acordó con su esposo que llevaría al pequeño William a la ciudad una vez al mes para comprarle al niño lo que fuera necesitando, porque los niños crecen de prisa.

Como se hizo costumbre, en cada encuentro Ely le decía a su hijo que no mencionara a Henry en la casa, con la excusa, de que su padre no quería que se relacionara con personas que no fueran de su nivel social, fue ahí cuando Ely le explicó a su hijo que ante Dios todos eran iguales y que el tener más o menos dinero no hacía a las personas ser mejores o peores y toda esa psicología propia del tema.

El niño lo asimilaba muy bien y realmente como pasaba tanto tiempo con su madre esos recordatorios fueron haciendo mella en la conciencia del niño, los cuales le servían para la nueva vida que se avecinaba para ellos.

Transcurrieron dos años desde que Elizabeth y Henry comenzaron a forjar un plan en secreto que los llevaría a una vida juntos. Henry pudo reconstruir su antigua casa de madera y tejas en una zona bien humilde de la ciudad, donde vivían las familias de los pescadores y de los trabajadores del muelle, en su caso, la fue acondicionado de forma muy acogedora para su bonita familia, solo esperaba que Ely cumpliera su parte porque ya él había cumplido la suya.

Se avecinó la hora de confesarle al pequeño William quien era su verdadero padre y el destino que había escogido su madre para el futuro de ellos. Ya el niño tenía siete años y Ely consideró que entendería la decisión de su madre, ella sabía que era una noticia muy fuerte, pero era su obligación pasar por aquel trance si quería una vida de familia feliz al lado de su verdadero amor.

—William cariño, mamá quiere hablarte de algo —sentó al niño en su regazo y le acarició su cabello dándole un beso— es acerca de Henry...

—Pero mamá habíamos hecho un pacto que no se mencionaría a ese señor en esta casa.

—Así es William, pero sabes estoy muy feliz por él, ¿recuerdas que nos contó que había perdido a su esposa y a su hijo hace algunos años?

—Sí mamá, lo recuerdo bien.

—Pues me ha contado que ha recibido noticias y los verá muy pronto, así que nos ha invitado a su hogar para ese feliz encuentro, ¿qué te parece?

—Me parece genial, sentí mucha curiosidad con esa historia madre, me gustará conocer a su familia y verlo feliz, siempre se ve tan triste...

—Pues mira, cuando todo esté listo, nos acercamos a su hogar y nos reunimos allí, ¿me acompañarás?

—Claro que sí madre.

Le dio un tierno beso y un fuerte abrazo.

Capítulo XV

Llegó el tan esperado día en que Elizabeth por medio de una mentira piadosa le dijo a su hijo que irían a conocer la familia de Henry, el niño fue muy alegre por la novedad, los tres ya habían compartido durante un tiempo algún que otro rato juntos en el parque, entre risas y juegos, Henry ya no era un extraño para él, más bien se habían forjado lazos de confianza propios para la ocasión.

Esta vez el cochero no los llevó al parque donde solían ir una vez al mes, Elizabeth le indicó al cochero un nuevo destino que era la casa de Henry.

—Señora conozco la zona, disculpe, pero no lo veo apropiada para una dama de su clase.

—No le he preguntado si quiere o no quiere llevarme, yo le indico el camino y usted me lleva sin rechistar.

Llegaron al humilde y confortable hogar que preparó Henry y les dio la bienvenida.

—Gracias por aceptar mi invitación señora y a ti también William, honor que me hacen los dos, sentaos donde más cómodo os sea, esta es vuestra casa también.

—¿Y dónde está tu esposa y tu hijo, Henry? —preguntó con ingenuidad el pequeño.

Por dónde empezar para darle tan inesperada noticia a su hijo, Elizabeth no sabía que decir y como lo tomaría el pequeño, pero decidió ser tajante sin darle más rodeos a las cosas, era ahora o nunca, se llenó de mucho valor y le hizo la confesión.

—Hijo mío... —dio un profundo suspiro—: somos tú y yo... tú eres el hijo perdido de Henry y yo la esposa que nunca tuvo...

Un escalofrío recorrió todo el cuerpo de Elizabeth, su corazón palpitó más fuerte que nunca y estaba a punto de llorar, se llevó las manos al rostro y rompió en llanto pidiendo perdón a su hijo.

El niño bajó la cabeza sin comprender qué sucedía, pero era tanto el amor que sentía por su madre que corrió hacia ella y la abrazó como señal de consuelo al verla llorar, a pesar de que no entendió nada. Acarició su cabello y poco a poco fue pasando aquel duro momento para su madre y aún sollozando levantó el rostro y comenzó a explicarle a su hijo con más detalle.

—Siéntate a mi lado hijo voy a contarte todo desde el principio de una manera sencilla que tú lo entiendas, quiero que conozcas todo lo sucedido, ya cumpliste siete años; eres mi hombrecito —lo llenó de besos y caricias.

De una manera adecuada Elizabeth le contó a su hijo lo sucedido, que desde un principio quiso formar una familia con Henry y dejar la mansión, pero los prejuicios sociales se lo impidieron, siempre estuvo en su mente tratar de reunirse con Henry y buscarlo de nuevo. El niño le hizo infinidad de preguntas a su madre las cuales ella le contesta amorosamente.

—Te traje aquí mi hijo para que conozcas a tu verdadero padre y mostrarte como será nuestra vida cuando vivamos aquí, como ves, es muy diferente a las costumbres de la mansión, yo estoy dispuesta a dejarlo todo por amor, pero tú, mi vida... decide por ti, no haré nada que no quieras porque te amo demasiado, eres lo más valioso de mi vida —y se unieron en un fuerte abrazo.

Henry se mantuvo muy callado hasta ese momento y a la vez expectante a la reacción del niño, pero se sorprendió más aún cuando ve al niño acercarse lentamente a él y sin decir ni una palabra, le dio un cálido abrazo.

Luego regresó donde su madre, la tomó de la mano y le dijo que regresaran a la mansión. Era una noticia fuerte que el niño debía digerir en su cabecita y tomar una decisión a tan corta edad.

Capítulo XVI

El tiempo fue pasando y Elizabeth se dio cuenta que, a pesar de su intento, no consiguió repuesta de su hijo, era una decisión muy difícil de tomar para un niño, por lo que ella decidió no tocar más el tema. Aun así, ella no dejó nunca de ver a Henry cada mes como siempre sin perder la esperanza de algún día tener la familia que siempre soñó.

Para el dieciséis cumpleaños de William llegó la hora de presentarlo en sociedad, por lo que sus abuelos paternos decidieron preparar una pomposa fiesta, con toda la alcurnia de la época, políticos, etc.

Fueron llegando los invitados vestidos con sus mejores atuendos propios de la época, las señoras lucieron exuberantes joyas y guantes de seda, los señores de esmoquin a juego con su sombrero.

Se preparó una de las salas de la mansión propia para fiestas y celebraciones. La decoración fue muy llamativa, grandes lámparas de techo, una colgaba justo donde se hizo el baile, las demás se colocaron alrededor de la sala, enormes cortinas de terciopelo atadas con lazos a cada lado de las ventanas, arreglos florales muy pomposos y música clásica de fondo, algo de Bach, Chopin o Beethoven.

Se escuchó el clin clin de una copa anunciando que iba a hacer entrada los jóvenes que serían presentados en sociedad, uno de ellos era William, cada uno acompañado de una chica escogida previamente según su linaje claro estaba. A medida que los fueron nombrando descendieron por los escalones alfombrados que daban acceso al salón, se escucharon aplausos y se colocaron de la misma forma que ensayaron previamente.

Comenzó el baile y se sintió el júbilo de los asistentes, fue muy hermoso ver a las jóvenes danzar con sus largos y voluptuosos vestidos de fiesta y sus complicados peinados de época y la elegancia de los jóvenes impecablemente trajeados propios para la ocasión.

Cuando se terminó la pieza musical se escuchó de nuevo el clin clin de una copa, el suegro de Elizabeth anunció algo inesperado...

—¡Damas y caballeros, quiero agradecer a todos los aquí presentes por honrarnos con vuestra presencia, es para mí una gran satisfacción anunciaros que mi nieto William comenzará muy pronto sus estudios de Derecho!

Se escucharon vítores y una gran algarabía.

—¡Que siga la fiesta, beban, coman y bailen toda la noche!

Capítulo XVII

Amaneció soleado el nuevo día, y la familia Smith se recuperó de la fiesta de la noche anterior, se reunieron en el comedor a desayunar y charlaron animadamente sobre lo transcurrido en la fiesta de William.

Al poco rato se presentó el mayordomo y pidió la atención de Elizabeth.

—Señora, disculpe que interrumpa su desayuno, ha venido un mensajero y ha dejado esta misiva para usted.

—Gracias puede retirarse.

—Si me lo permiten me retiro a mi habitación —miró a todos con sorpresa, a la vez que recibió miradas de asombro.

—Por supuesto que sí mi amada esposa, si es algo de importancia sabemos que nos harás llegar la noticia, no creo que sea algo tan privado que no debamos saber —afirmó John con tono irónico.

Salió Elizabeth del comedor algo asustada por no saber la procedencia de la misiva, había visto a su familia la noche anterior en la fiesta, así que a ciencia cierta sabía que no era un asunto familiar, pero tenía sus sospechas.

Tiempo atrás tanto ella como Henry habían coordinado que solo por un asunto grave enviaría un mensajero a su casa, de lo contrario seguirían viéndose una vez al mes en su puntual cita del parque, y año tras año durante los dieciséis años de romance nunca falló esa ecuación, así que Ely temía lo peor:

Mi eterno amor: te escribo estas líneas para confesarte algo que te oculté la última vez que nos vimos, acepté un puesto en la marina y justo hoy zarparé sin fecha de regreso, no te lo dije antes para que no me lo impidieras pero sé que esta es la única manera que encuentro de daros una mejor vida a ti y a nuestro hijo, no soporto más vivir separado de vosotros, mi alma se quiebra cada día cuando veo tanto vacío a mi alrededor. Se que voy a provocar un gran sufrimiento en ti, pero después de pensarlo mucho, no encontré otra salida, espero que me perdones, siempre tuyo, Henry.

Elizabeth cayó al suelo desmadejada apretando la carta contra su pecho y rompió en llanto, su único amor, su apoyo, su sostén todos esos años, se alejaba de ella con viaje solo de ida en ese momento, sintió como su corazón se partía en dos, su alma gemela, su otro yo, una parte de su alma se desprendía de su cuerpo, pero no había vuelta atrás, era una decisión tomada y nada podía hacer, solo resignarse a pasar un tiempo indeterminado sin su hombre, el que siempre la trató como la dama que era, el que tan solo con una caricia la hacía estremecer de placer, aquel y solo aquel que había logrado llevarla al clímax de la lujuria.

Se secó ligeramente sus lágrimas y se acercó a la ventana de su habitación, retiró levemente la fina y translúcida cortina blanca que la cubría y sus ojos miraron a lo lejos del horizonte, como queriendo decir adiós o hasta pronto, sus manos tocaron el cristal como queriendo tocar algo o alguien a lo lejos y cayeron lágrimas nuevamente, incontenibles cual río desbordado de emoción, suspiró profundo y sintió que toda aquella tristeza tenía que ocultarla a todos, nadie la entendería, como había sucedido en todos estos años de su vida.

Secó sus lágrimas, cerró la cortina y se acercó al tocador para tratar de maquillar su dolor, para mirarse al espejo y darse fuerza porque de nadie más la recibiría, aunque en algún momento se lo diría a William cuando estuviera más calmada, aun sabiendo que su hijo había manifestado muy poco interés en su verdadero padre, ella sentía que era su deber.

—Señora en el comedor preguntan por usted si se encuentra bien.

—Dígales que voy enseguida que todo está bien.

Elizabeth algo nerviosa comenzó a pensar dónde podía guardar aquella carta, no quería romperla, era algo muy valioso para ella, pero a la vez no podían encontrarla, porque se descubriría el secreto que tenía bien guardado todos estos años y no quería echarlo todo a perder, así que recordó que poseía un pequeño cofre de joyas que guardaba y decidió poner la carta bien escondida debajo de las joyas.

Arregló su vestido arrugado, esbozó un profundo suspiro y levantó su rostro para mostrarse impecable ante todos, de antemano maquilló su rostro y limpió muy bien sus lágrimas, pasó su dolor sola unos instantes, todo en apariencia, porque lo sentiría igual de profundo hasta el mismo día que su amado regresara.

—Querida... nos hemos preocupado ¿qué noticias has recibido y de quién?

—Nada importante... —dijo con sonrisa fingida—: Doña Matilda tan gentil ella, nos envió su enhorabuena por la gran fiesta de William, exagera diciendo que no había asistido a una igual en Londres en toda su vida, ella siempre tan especial con nosotros y con nuestro hijo.

—Habrá que enviarle las gracias de vuelta cariño.

—Por supuesto que así ha sido esposo mío, mi tardanza ha sido por ese motivo, le he dado ya la respuesta al mensajero de vuelta.

—Veo que no has tardado en empolvarte de nuevo.

—Ideas tuyas... empolvé mi rostro en la mañana, mi esposo siempre tan atento a mis cosas —manifestó con una sonrisa disimulada.

Capítulo XVIII

A través de los días y en la mente de Elizabeth solo hubo un pensamiento: "cuando será el día que vea de nuevo a mi amado". Esa idea la atormentaba, pero mantuvo la calma, para que nadie sospechara.

Su amiga Doña Matilda decidió hacerle una visita de cortesía, su gran confidente de todos los tiempos, era su mejor amiga, la única que la consolaba en sus tormentos, que entendía sus pesares, que había estado pendiente de sus cosas y de su vida y nunca le recriminó por ello.

—Mi querida amiga, que gusto verte, desde el cumpleaños de William ha pasado ya un tiempo, como has estado.

—Elizabeth querida cada vez te veo estas más hermosa, estás como el buen vino.

—Exageras mi querida amiga, son tus ojos llenos de amor hacia mí que me ven de esa manera, pues lo mismo digo yo de ti, mi gran amiga de los años cada vez más bella también, por cierto, tengo que contarte algo muy importante que sucedió justo al día siguiente del cumpleaños de William, vayamos al patio a tomarnos una taza de té y te cuento con calma.

—¡Doña Matilda sea bienvenida, que gusto nos da su visita! —irrumpió sin aviso Helen Smith—; gracias por la misiva que nos envió al día siguiente del cumpleaños de William, espero que Elizabeth en su carta de vuelta le haya enviado el agradecimiento de toda la familia.

—¿Carta?, ¿cuál carta?

—Eso nos dijo Elizabeth...

Se miraron las dos amigas a la vez y Ely le abrió los ojos a Doña Matilda en plan, te explico luego tu sigue la corriente, e inmediatamente Doña Matilda que conocía tan bien a Ely le siguió el juego a su amiga.

—Sí... claro... la carta de agradecimiento, que cabeza la mía, los años no pasan en vano mi querida Helen, sí, sí, cómo olvidarlo, en fin, ¿nos acompaña a tomar té en el jardín?

—No gracias, tendrán mucho que conversar entre vosotras, yo mejor voy a ver que el personal de servicio cumpla bien con sus obligaciones, esta gente hay que tenerlos vigilados, a la mínima dejan de hacer sus deberes, usted sabe cómo son la gente de esa clase —argumentó en tono insolente la señora Smith.

—Sí por supuesto, sé cómo son, bueno gusto en verla señora Smith.

No había salido casi del gran recibidor la señora Smith y las dos amigas sonrieron simuladamente llevando la mano a la boca, algo pasó y pronto lo descubriría doña Matilda, algo que Ely le ocultó todo este tiempo.

Sentadas en el hermoso jardín las dos amigas conversaron durante horas tomando el té, contando los chismes del momento y por supuesto todo lo sucedido con la famosa carta de la cual doña Matilda no conocía y tuvo que aparentar que sí sabía de la misma.

El jardín de la mansión de los Smith era un lugar paradisíaco, rodeado de árboles frutales, variedad de flores adornaban los alrededores, había una fuente de agua inmensa con figuras de ángeles bordeando la misma, a lo lejos pastaba la caballeriza donde el joven William pasaba la mayor parte del tiempo cuando no estudiaba, era amante de los caballos al igual que su madre.

Pasaron una tarde hermosa con risas y conversación amena, como siempre doña Matilda le dio buenos consejos a Ely, era como su segunda madre, alguien con quien podía ser ella misma sin temor a reprimendas.

—Bueno amiga ya me voy, gracias por tan bonita tarde, la verdad eres una compañía extraordinaria y sigue mis consejos al pie de la letra, ten fe en el señor y recuerda que el amor todo lo puede, que él no nos pone una prueba más allá de la que podamos soportar, sé muy fuerte por ti y por tu hijo, te quiero mucho amiga.

Y se dieron las dos en un cálido y largo abrazo...

—Gracias a ti, que eres mi segunda madre, mi mejor confidente, la única amiga de verdad que nunca me ha fallado a pesar de mis errores, miras siempre el lado bueno de las cosas, doy gracias a Dios por contar siempre con tan linda amistad, también te quiero mucho.

Se despidieron con un hasta pronto y Ely acompañó a Doña Matilda a su carruaje donde la esperó amablemente su cochero, subió al coche y al marcharse fue despidiéndose hasta perderse a lo lejos.

Capítulo XIX

Aquella costumbre que Elizabeth tenía de encontrarse con Henry una vez al mes en la ciudad y pasar un rato juntos, fue cambiada por la de irse al muelle y sentarse un rato a mirar el mar, para recordar a su amado, un sentimiento que no disminuyó en lo absoluto desde que supo tan sorpresiva noticia, su nueva costumbre hacía en ella la ilusión de que un día apareciera su amor y se fundieran en un gran abrazo del cual nunca más se separarían, ella haría hasta lo imposible por impedir que volviera al mar que se lo había llevado.

En una de esas visitas frecuentes al puerto Elizabeth vislumbró a lo lejos la llegada de un barco, parecía de la Marina, su corazón palpitó muy fuerte, y las esperanzas de ver a Henry de nuevo se fortalecieron. Entonces esperó con ansia que el barco atracara para ver cuán ciertas podían ser sus sospechas.

Comenzaron a descender marineros del enorme buque y personal de servicio del mismo, Elizabeth corrió hacia ellos con la ilusión de encontrarse con Henry, preguntó a todos por él, pero nadie le dio razón y empezó a desesperarse cada vez más, hasta que por fin se acercó al que le pareció fuera el capitán del barco.

—Disculpe señor, busco a alguien, quizá sea uno de sus marineros.

—A sus pies señora, en que puedo servir a tan distinguida dama, este no es lugar para usted.

Dijo el capitán, un viejo de barba canosa, experimentado del mar, con olor a sardina y a ropa sucia de mucho tiempo.

—Busco a un hombre llamado Henry, no sé si zarpó en este buque y busco la manera de encontrarlo.

—Tengo que decirle algo señora, no conozco por nombre a cada uno de mis marineros, han zarpado cientos de ellos y siento decirle que por desgracia han muerto de escorbuto la gran mayoría, ya sabe la enfermedad del marinero de esta época por desgracia, tendrán que identificarlo sus familiares, la verdad ha sido una gran tragedia.

—¡No me diga eso por favor! Henry no puede estar entre ellos, no puede no, dígame dónde será el reconocimiento de los cadáveres por favor, sé que él no estará ahí, pero tengo que cerciorarme, llevo mucho tiempo esperando este momento y me niego a pensar que no esté con vida.

—Señora, en breve bajaran los cadáveres, como le dije antes no creo que este sea lugar para usted, pero si insiste, no puedo obligarla a que se retire, espero que la persona que busca no se encuentre entre ellos, con su permiso han sido muy largos estos meses y mi familia me espera, mucha suerte señora, a sus pies.

No imaginaba Elizabeth cual sería el resultado de que su corazón amara a la persona equivocada, pero en el corazón nadie manda y al final para ella no fue un error, conoció el amor en su máxima expresión y recibió el mayor fruto de ese amor a través de un hijo maravilloso que la amaba y la respetaba. Se había prometido así misma que su amor por Henry sobrepasaría todo lo malo que había pasado en su vida, el casamiento obligatorio, el vivir con una familia que poco la estimaba, el concebir un hijo del amor y criarlo un padre que no lo merecía, el vivir en una jaula de oro al lado de un tirano que trató de cortar sus alas y no lo consiguió del todo.

El amor es efímero, como la felicidad, pero en su máxima expresión vivirlo es la mayor recompensa, con la intensidad que llega puede irse, como cuando queremos sujetar agua entre las manos, si apretamos fuerte algo queda en ellas. Entendió lo afortunada que había sido, a pesar de la vida que le fue impuesta, se sintió viva, realizada, tendría hermosos recuerdos en su vejez y nunca dejaría de sentir la calidez del verdadero amor, las caricias que sanan el alma y enriquecen la vida y que una mentira piadosa es perdonada siempre que la excusa sea el amar…

Índice

«Con *el precio de amar* se abren las páginas de esta novela en el mes de octubre, cuando el otoño nos abriga».

En los Estados Unidos de América y para el mundo...

Disponibles por Amazon

www.ingramcontent.com/pod-product-compliance
Lightning Source LLC
LaVergne TN
LVHW010117170826
845678LV00012B/2452